DER DRACHENGOTT

DIE ABRAFAXE IN DER JAVA-SEE

SZENARIO, LAYOUTS, ZEICHNUNG UND TUSCHE: ANDREAS SCHULZE
FARBE: STEFFEN JÄHDE

Der Drachengott
Die Abrafaxe in der Java-See

ISBN 978-3-937649-57-3

1. Auflage 2007

Herausgegeben von Klaus D. Schleiter
Layout und Titelgestaltung:
Hans Ott – PROCOM, Berlin

Lettering: Rahel Mencia-Garcia
Lektorat: Johannes Perthen und Rahel Mencia-Garcia
Produktion: Mirko Piredda
Druck: Meiling Druck, Haldensleben

MOSAIK Steinchen für Steinchen Verlag GmbH
Lindenallee 5, 14050 Berlin
Germany

Internet: www.abrafaxe.com
E-Mail: mosaik@abrafaxe.de

"DIE IDEE, DASS ES WESEN GIBT, DIE VOR DER WISSENSCHAFT VERBORGEN IN WÄLDERN, BERGEN UND SÜMPFEN LEBEN, HAT MICH SCHON IMMER FASZINIERT! ICH SEHNTE MICH SEIT MEINER KINDHEIT DANACH, BEI EINER EXPEDITION TEILZUNEHMEN UND EIN TIER ZU ENTDECKEN, DAS BIS DAHIN NUR DER EINHEIMISCHEN BEVÖLKERUNG BEKANNT WAR."

PROF. HERMANN COX

WIR SIND AUF SUMBAWA, EINER KLEINEN INDONESISCHEN INSEL. DAS KLIMA IST HEISS UND SCHWÜL. DIE EINWOHNER HABEN SICH AUF DEN TOURISMUS EINGESTELLT UND VERDIENEN DAMIT NEBEN DEM FISCHFANG UND ANBAU VON REIS, TEE UND KAUTSCHUK IHREN LEBENSUNTERHALT. SIE FAHREN DIE ANKOMMENDEN URLAUBER MIT IHREN BOOTEN ZU DEN KLEINEREN INSELN, WO DIE MEISTEN HOTELS STEHEN.

AH, HERRLICH, ENDLICH URLAUB. VIERZEHN TAGE LANG NUR SONNE, PALMEN UND WEISSER STRAND.

UND KLIMATISIERTE HOTELZIMMER. DIE BRAUCHEN WIR HIER, BEI DIESEN SUBTROPISCHEN TEMPERATUREN.

MAN HAT SICH HIER SCHNELL AUF DIE TOURISTEN EINGESTELLT.

?!!
ICH HÄTTE VOR SCHRECK FAST MEIN EIS FALLEN GELASSEN!
SELTSAME VERKAUFS-METHODEN.
ZWEIMAL FALLE ICH NICHT AUF DEN GLEICHEN TRICK REIN!
PECH! MANCHMAL IST DER ERSTE EINDRUCK DOCH DER FALSCHE.
GIBT ES DENN HIER NIEMANDEN, DER DIESE TIERE VOM DORF FERNHÄLT?
3

DAS SIND KEINE TIERE! ES SIND HEILIGE GESCHÖPFE! WIR MENSCHEN STAMMEN VON IHNEN AB. SIE SIND UNSERE BRÜDER.
??
DESHALB HABEN SIE DAS RECHT, SICH FREI ZWISCHEN UNS IM DORF ZU BEWEGEN.
ABER DAS SIND DOCH RAUBTIERE!
GENAU WIE WIR MENSCHEN!
NEIN!! ICH SAGE ES NOCH EINMAL! MEIN BOOT BEKOMMEN SIE NICHT! VERSCHWINDEN SIE.
?

DAS MÄDCHEN SUCHT NACH EINEM WASSERTAXI.	SIE WILL WAHRSCHEINLICH AUCH NACH BALU KERA*
SIE HAT SICH VORHIN SCHON ALLE SCHIFFE GENAU ANGESEHEN. SIE SCHEINT KEIN GLÜCK ZU HABEN.	

*KLEINE INSEL FÜR ERHOLUNGSBEDÜRFTIGE TOURISTEN.

SIE HAT WENIG GEPÄCK DABEI.

FÜR EIN MÄDCHEN IST DAS UNGEWÖHNLICH.

WARUM WOLLTE DER SKIPPER SIE NICHT MITNEHMEN?

ENTSCHULDIGUNG, ABER MEINE FREUNDE UND ICH HABEN GESEHEN, DASS SIE EIN BOOT SUCHEN.

WIR FAHREN NACH BALU KERA. WENN SIE DAS GLEICHE ZIEL HABEN, KÖNNEN SIE GERNE BEI UNS MITFAHREN.

WAS FÜR EIN BOOT HABEN SIE?

IST ES LEISTUNGSSTARK GENUG?

FÜR EINE ERDUMRUNDUNG WÜRDE ICH ES NICHT NEHMEN, ABER UM UNS AUF DIE INSEL ZU BRINGEN, REICHT ES ALLEMAL.

NA GUT. ICH BIN NICHT SEHR WÄHLERISCH.

DAS WÄRE GEKLÄRT! JETZT GEHEN WIR INS "TOURISTTRAP".

DORT WARTET UNSER SKIPPER BEI EINEM GLAS BIER.

DIE MENSCHEN HIER LIEBEN ES, BEI DER HITZE VON ZEIT ZU ZEIT ETWAS KALTES ZU GENIESSEN.

DARF ICH VORSTELLEN, DAS IST...

LINDA.

WIR MÖCHTEN SIE GERNE AUF DIE INSEL MITNEHMEN. SIE HAT KEIN EIGENES BOOT MEHR CHARTERN KÖNNEN.

FREUT MICH. NETT, SEHR NETT!

KOSTET ABER TROTZDEM EXTRA!

EIN ALTAR! SCHAUEN SIE NICHT SO ERSTAUNT.

DAS HIER IST EINE GEGEND, IN DER MAN SICH LIEBER GUT STELLT MIT DEN GÖTTERN.

WER SIE NICHT ACHTET, DEM KANN ES SCHLECHT ERGEHEN!

NICHT WEIT VON HIER, DA DRAUSSEN AUF SEE, GIBT ES DAS TEUFELSRIFF.

TEUFELSRIFF?

JA, EIN ORT, WO DER GOTT RAGON AUS DER HÖLLE EMPORSTEIGT……

UM VORBEIZIEHENDE SCHIFFE ZU VERSCHLINGEN.

SEIN HUNGER IST GEWALTIG!

DESHALB IST ES KLÜGER RAGON TÄGLICH MIT EINEM GEBET UM GNADE ZU BITTEN!

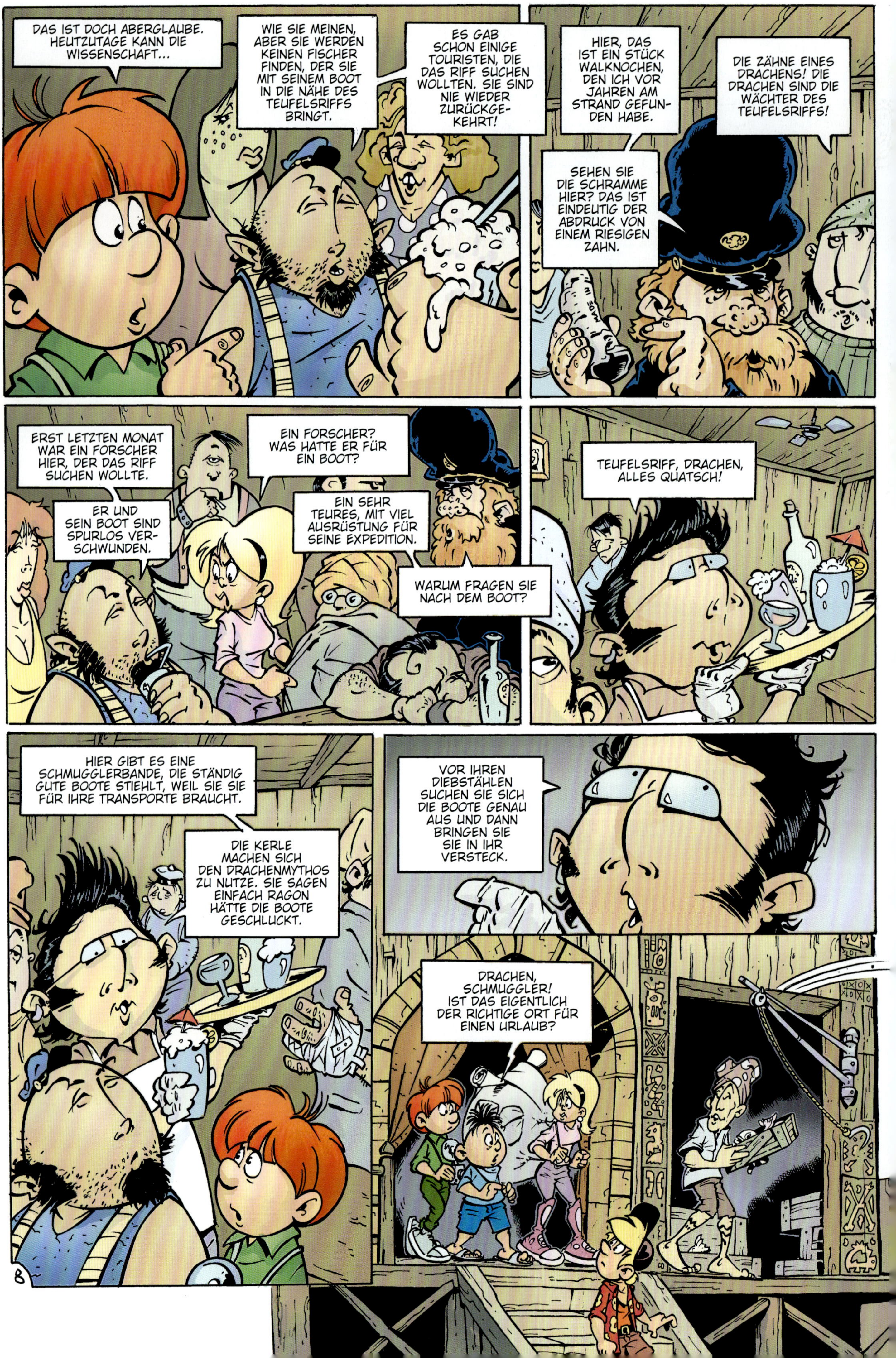
DAS IST DOCH ABERGLAUBE. HEUTZUTAGE KANN DIE WISSENSCHAFT...
WIE SIE MEINEN, ABER SIE WERDEN KEINEN FISCHER FINDEN, DER SIE MIT SEINEM BOOT IN DIE NÄHE DES TEUFELSRIFFS BRINGT.
ES GAB SCHON EINIGE TOURISTEN, DIE DAS RIFF SUCHEN WOLLTEN. SIE SIND NIE WIEDER ZURÜCKGEKEHRT!
HIER, DAS IST EIN STÜCK WALKNOCHEN, DEN ICH VOR JAHREN AM STRAND GEFUNDEN HABE.
DIE ZÄHNE EINES DRACHENS! DIE DRACHEN SIND DIE WÄCHTER DES TEUFELSRIFFS!
SEHEN SIE DIE SCHRAMME HIER? DAS IST EINDEUTIG DER ABDRUCK VON EINEM RIESIGEN ZAHN.
ERST LETZTEN MONAT WAR EIN FORSCHER HIER, DER DAS RIFF SUCHEN WOLLTE.
ER UND SEIN BOOT SIND SPURLOS VERSCHWUNDEN.
EIN FORSCHER? WAS HATTE ER FÜR EIN BOOT?
EIN SEHR TEURES, MIT VIEL AUSRÜSTUNG FÜR SEINE EXPEDITION.
WARUM FRAGEN SIE NACH DEM BOOT?
TEUFELSRIFF, DRACHEN, ALLES QUATSCH!
HIER GIBT ES EINE SCHMUGGLERBANDE, DIE STÄNDIG GUTE BOOTE STIEHLT, WEIL SIE SIE FÜR IHRE TRANSPORTE BRAUCHT.
DIE KERLE MACHEN SICH DEN DRACHENMYTHOS ZU NUTZE. SIE SAGEN EINFACH RAGON HÄTTE DIE BOOTE GESCHLUCKT.
VOR IHREN DIEBSTÄHLEN SUCHEN SIE SICH DIE BOOTE GENAU AUS UND DANN BRINGEN SIE SIE IN IHR VERSTECK.
DRACHEN, SCHMUGGLER! IST DAS EIGENTLICH DER RICHTIGE ORT FÜR EINEN URLAUB?

NA DANN, AUF ZU MEINEM SCHIFF.
ES WIRD ZEIT, EUCH AUF DIE FERIENINSEL ZU BRINGEN.
DIE DRACHENLEGENDE IST WIRKLICH SEHR UNTERHALTSAM,...
...ABER ICH HALTE DIE GESCHICHTE MIT DEN SCHMUGGLERN DOCH FÜR REALISTISCHER!
!?
9

WO IST UNSER SKIPPER GEBLIEBEN?
WIR SOLLEN ALLEINE FAHREN. ER LEIHT UNS SEIN BOOT!
WAS? WIR SOLLEN DAS BOOT SELBER FAHREN? NICHT SEHR GLAUBHAFT!
KEINER VON UNS KANN SO ETWAS STEUERN.
ICH VERSUCHE ES! ICH KENNE MICH MIT BOOTEN AUS!
ICH HABE EINE SEE-KARTE VOM SKIPPER, UM UNSERE INSEL ZU FINDEN.
DER SKIPPER IST SEHR VERTRAU-ENSVOLL. ER KENNT UNS KAUM UND LEIHT UNS SEIN BOOT?
UND DAS, WO WIR VORHIN NOCH ÜBER DIE SCHMUGGLER GESPROCHEN HABEN.
HIER STIMMT ETWAS NICHT! WIR SIND JETZT SCHON SEIT FÜNF STUNDEN AUF SEE.
BALU KARA SOLLTE ABER NUR DREI STUNDEN VOM FESTLAND ENTFERNT SEIN!
ENTWEDER HAT SICH UNSER NEUER KAPITÄN VERFAHREN ODER...
...SIE STEUERT MIT ABSICHT EIN ANDERES ZIEL AN!
10

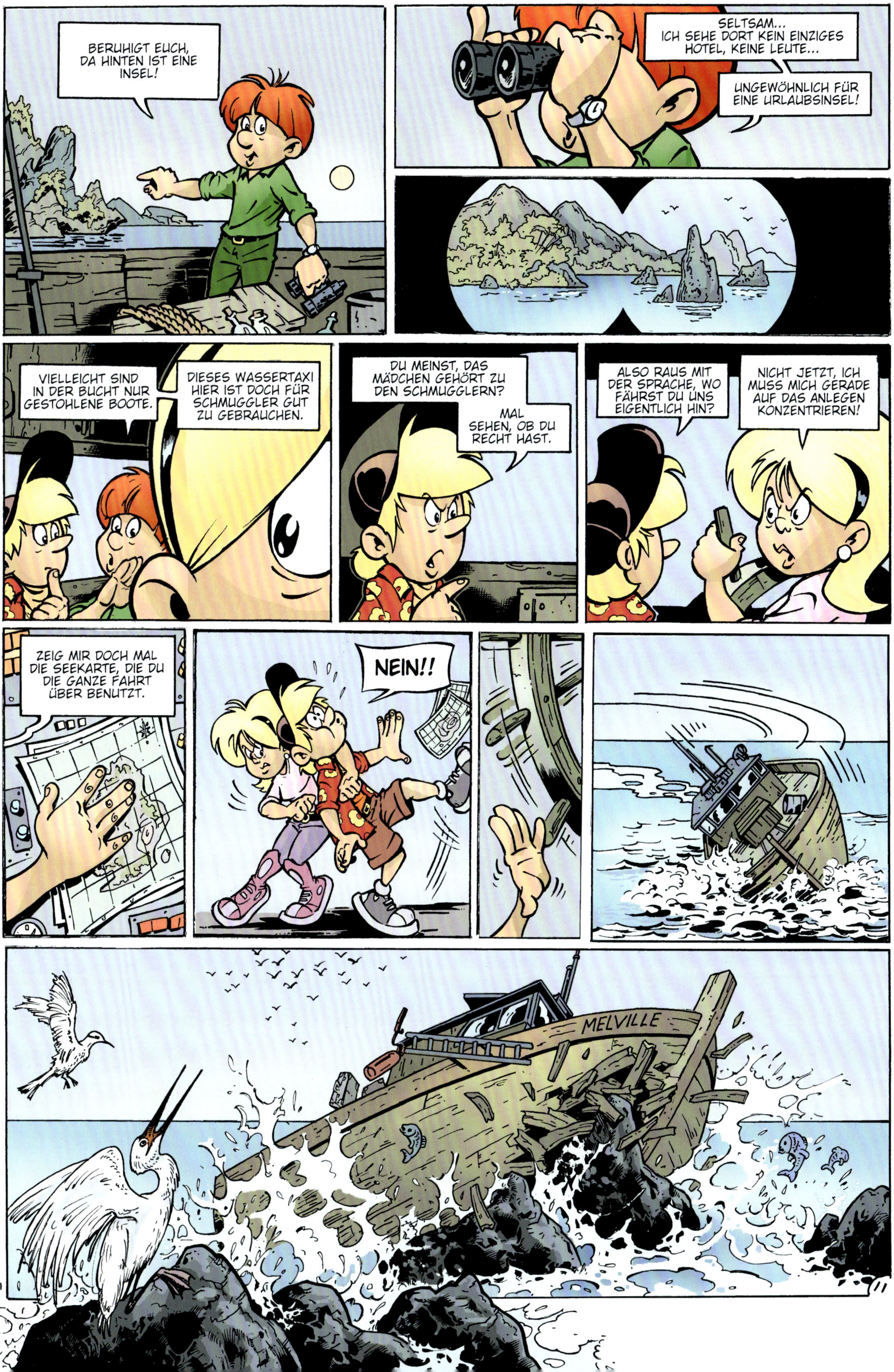
BERUHIGT EUCH, DA HINTEN IST EINE INSEL!
SELTSAM... ICH SEHE DORT KEIN EINZIGES HOTEL, KEINE LEUTE...
UNGEWÖHNLICH FÜR EINE URLAUBSINSEL!
VIELLEICHT SIND IN DER BUCHT NUR GESTOHLENE BOOTE.
DIESES WASSERTAXI HIER IST DOCH FÜR SCHMUGGLER GUT ZU GEBRAUCHEN.
DU MEINST, DAS MÄDCHEN GEHÖRT ZU DEN SCHMUGGLERN?
MAL SEHEN, OB DU RECHT HAST.
ALSO RAUS MIT DER SPRACHE, WO FÄHRST DU UNS EIGENTLICH HIN?
NICHT JETZT, ICH MUSS MICH GERADE AUF DAS ANLEGEN KONZENTRIEREN!
ZEIG MIR DOCH MAL DIE SEEKARTE, DIE DU DIE GANZE FAHRT ÜBER BENUTZT.
NEIN!!
MELVILLE

DAS IST NIEMALS DIE INSEL, AUF DIE WIR WOLLEN!
DIE HIER HAT EINEN VÖLLIG ANDEREN UMRISS!
OH GOTT, WAHRSCHEINLICH WARTEN AM UFER SCHON DIE KOMPLIZEN!
DAS BOOT IST HIN! FÜR EINE RÜCKFAHRT NICHT MEHR ZU GEBRAUCHEN.
SEHT MAL DA DRÜBEN. WIR SIND WOHL NICHT DIE EINZIGEN, DIE HIER SCHIFFBRUCH ERLITTEN HABEN.
KEINE ANDERE WAHL!
HIER GIBT ES NATÜRLICH KEINE KOFFERTRÄGER!
12

DAS BOOT IST JA VÖLLIG ZERSTÖRT.
DAS SIEHT NICHT NACH SCHIFFBRUCH AUS. MEHR NACH MUTWILLIGER ZERSTÖRUNG.
WAS IST DAS FÜR EIN BOOT? WEM GEHÖRT ES?
MEINEM VATER. DESHALB BIN ICH HIER-HER GEKOMMEN!
ICH SUCHE MEINEN VATER. ER IST VOR WOCHEN HIER IN DEN GEWÄSSERN VERSCHOLLEN.
AUS SEINEN UNTERLAGEN WUSSTE ICH, DASS ER DIESE INSEL ANGESTEUERT HATTE.
RET MARUT
ABER KEIN MENSCH WOLLTE MICH MIT SEINEM BOOT IN DIESE VERRUFENE GEGEND BRINGEN.
ALSO MUSSTE ICH MIR AUF EINE KRUMME TOUR EIN SCHIFF BESORGEN. TUT MIR LEID, DASS EUER URLAUB JETZT EIN BISSCHEN AN-DERS VERLÄUFT.
WARUM WOLLTE DICH NIEMAND HIERHER FAHREN? IST DAS HIER ETWA DAS TEUFELSRIFF, VON DEM DIE FISCHER GESPROCHEN HABEN?
13

ES IST DIE INSEL GONUNK. DAS TEUFELSRIFF LIEGT AN DER SÜDKÜSTE.
ABER DAS IST ALLES NUR ABERGLAUBE.
WIR DACHTEN SCHON, DU WÜRDEST ZU DEN SCHMUGG-LERN GEHÖREN.
VON DENEN IST HIER ABER NICHTS ZU SEHEN.
VIELLEICHT IST DIE SCHMUGGLER-GESCHICHTE NUR ERFUNDEN UND DIE LEGENDE VON DEN DRACHEN IST WAHR.
WIR MÜSSEN JETZT ÜBERLEGEN, WIE ES WEITERGEHT.
ICH WERDE MEINEN VATER SUCHEN.
UND ICH DACHTE, ICH WÜRDE BALD GEMÜTLICH AM SWIMMINGPOOL LIEGEN.
WIE WILLST DU DEINEN VATER FINDEN?
VON HIER AUS KANN ES NUR DEN WEG IN DEN DSCHUNGEL GEBEN!
14

WARTET AUF MICH!
JAMMERE NICHT SO, WIR HABEN ALLE UNSER GEPÄCK ZU TRAGEN.
?!
HAST DU DIE HÖRNER GESEHEN? DAS WAR EIN UNGEHEUER! SO EIN TIER KANN ES NUR AUF EINER DRACHENINSEL GEBEN!
DUMMKOPF! DAS WAR EIN BABIRUSA, EIN HIRSCHEBER. ER BESITZT KEINE HÖRNER. DAS SIND ZÄHNE, DIE NIE AUFHÖREN ZU WACHSEN.
SIE BOHREN SICH DURCH SEINE WANGEN UND STECHEN IRGEND-WANN IN SEINE SCHÄDELDECKE.
BABIRUSA
MAN MÜSSTE DIE ZÄHNE AB-FEILEN!
DURCH DIESEN EBER HABEN WIR JETZT DEN ANSCHLUSS ZU DEN ANDEREN VERLOREN.
15

TOTEMPFÄHLE? DIE INSEL IST BEWOHNT.

HOFFENTLICH KEINE KANNIBALEN!

WENN IHR NOCH LAUTER REDET, WEISS JEDER WO WIR SIND.

HINTER DER MAUER KÖNNTE EIN DORF SEIN. ABER BESSER WIR SIND VORSICHTIG!

16

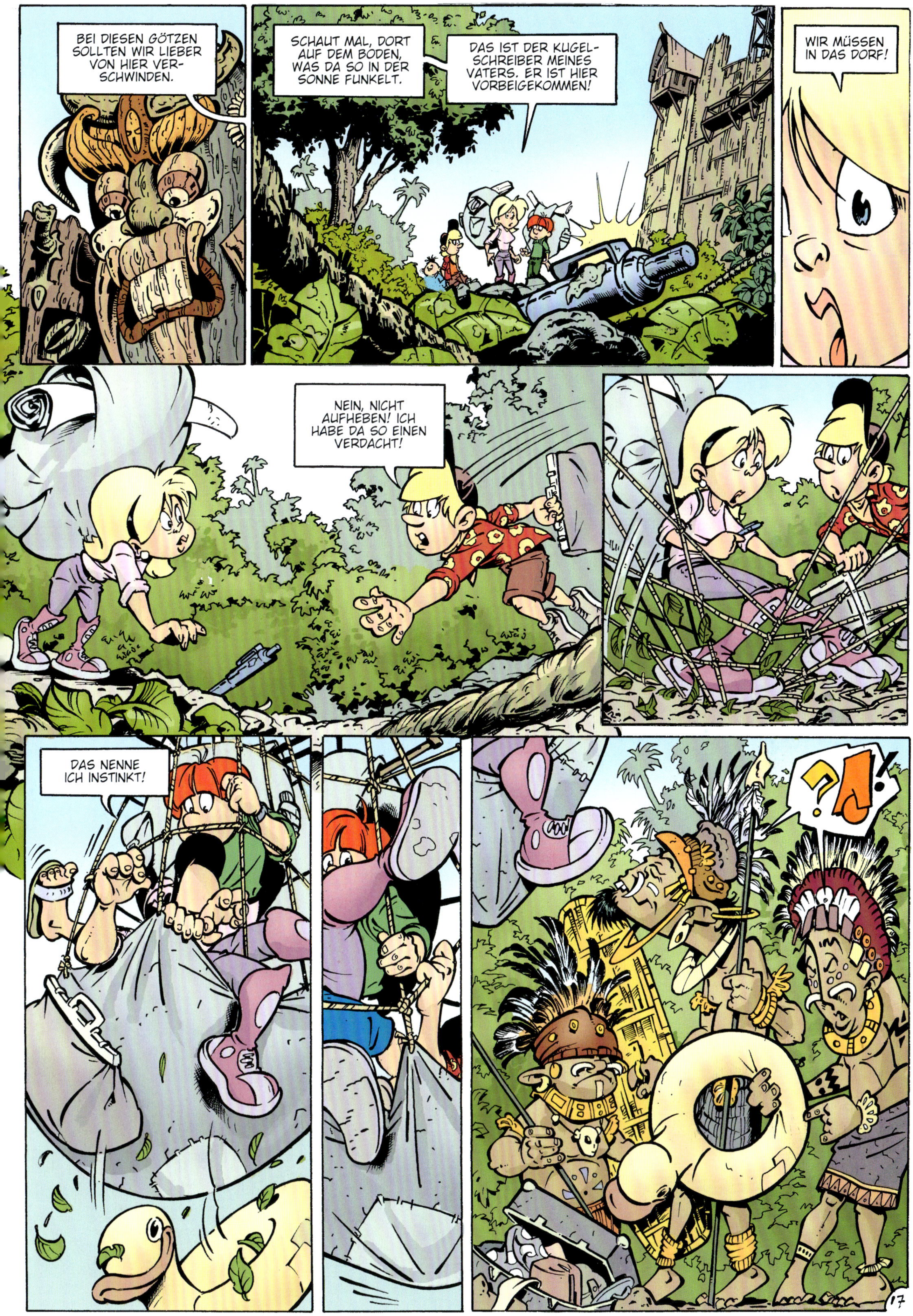

BEI DIESEN GÖTZEN SOLLTEN WIR LIEBER VON HIER VERSCHWINDEN.
SCHAUT MAL, DORT AUF DEM BODEN, WAS DA SO IN DER SONNE FUNKELT.
DAS IST DER KUGELSCHREIBER MEINES VATERS. ER IST HIER VORBEIGEKOMMEN!
WIR MÜSSEN IN DAS DORF!
NEIN, NICHT AUFHEBEN! ICH HABE DA SO EINEN VERDACHT!
DAS NENNE ICH INSTINKT!
?!

ICH VERSTEHE KEIN WORT.
DO YOU SPEAK ENGLISH? PARLEZ-VOUS FRANCAIS? HABLAR USTED ESPANOL?
AUF TOURISTEN SIND SIE HIER NICHT EINGESTELLT.
ICH GLAUBE, DAS HEISST, WIR SOLLEN IHNEN FOLGEN.
DU BIST HIER MIT DEINEN BLONDEN HAAREN AUF JEDEN FALL EINE ATTRAKTION.

VON MEINEM VATER KEINE SPUR! IST HIER VIELLEICHT AUCH BESSER SO.

DAS IST EIN ALTAR! DIE DUNKLEN FLECKE SEHEN AUS WIE ANGETROCKNETES BLUT!

DA LIEGEN AUCH KNOCHEN!

DAS IST EIN AFFENSCHÄDEL!

HIER WIRD GEOPFERT! VIELLEICHT NICHT NUR TIERE!

IST EUCH AUFGEFALLEN, WIE HOCH DIE MAUER IST? HIER KOMMT NIEMAND RAUS, DER NICHT RAUSKOMMEN SOLL!

WARUM GRINSEN DIE LEUTE SO?
VIELLEICHT IST ES VORFREUDE! DAS GANZE ESSEN HIER AUF DEM BODEN, DIE LEEREN KÄFIGE DA HINTEN!
DU MEINST, SIE WOLLEN UNS MÄSTEN?
DIESE SONNENBRILLE KENNE ICH DOCH! MEIN VATER MUSS HIER SEIN!
ODER ER WAR HIER!
ICH SUCHE MEINEN VATER!
...UND SIE AMÜSIEREN SICH ÜBER SEIN FOTO!
HEY LOSLASSEN!
NEHMT DIE HÄNDE VON IHR!
WOLLEN WIR UNS DAS GEFALLEN LASSEN?
NICHT SO VOREILIG.
20

SIE TRAGEN SIE IN DIE HÜTTE!

OH, DIE VERKLEIDUNG IST ETWAS UNGEWOHNT.

DAS IST EINE RITUELLE TRACHT. SIE FÜHREN LINDA ZUM ALTARSTEIN.

SIE WOLLEN SIE OPFERN. WIR MÜSSEN ETWAS UNTERNEHMEN.

TU JETZT EINFACH, WAS ICH SAGE.
DIE TREPPE HOCH, SO SCHNELL, WIE MÖGLICH.
SEHR CLEVER UND WOHIN DANN?
KEINE AHNUNG, ABER SCHLIMMER KANN ES JA NICHT MEHR WERDEN!
VON WEGEN "SCHLIMMER KANN ES NICHT WERDEN."

JA, JETZT SEID IHR SPRACHLOS.
IHR HABT NICHT GEDACHT, DASS WIR EUCH ENTKOMMEN KÖNNEN.
23

WARUM FUCHTELN DIE SO WILD MIT IHREN ARMEN?
SIE ZEIGEN RÜBER ZU DER WIESE.
DIE SCHAUEN SO ENTSETZT.
KOMMT MIR VOR, ALS WOLLTEN SIE UNS VOR IRGENDETWAS WARNEN.
DORT LIEGEN ÜBERALL KNOCHEN. GIBT ES HIER RAUBTIERE?
WIR HABEN UNS GEIRRT.
DIE MAUER IST NICHT SO HOCH, DAMIT NIEMAND ENTFLIEHEN KANN, SONDERN DAMIT NICHTS UNGEBETEN IN DAS DORF KOMMT.
ICH AHNE FÜRCHTERLICHES.
DIE MÜSSEN UNS SCHNELL WIEDER IN IHR DORF LASSEN!
ZU SPÄT. WAS IST DAS DAHINTEN IM GRAS?
DAS WILL ICH GAR NICHT WISSEN. LOS, NICHTS WIE WEG HIER!
SUCHT EUCH SCHNELL EINEN SICHEREN PLATZ!
HIER GIBT ES NUR DIESEN BAUM IN DER NÄHE!
24

ES HAT UNS NICHT VERFOLGT. ES IST WEG. DU KANNST WIEDER RUNTERKOMMEN.
WIR LAGEN ZIEMLICH FALSCH MIT UNSERER MEINUNG ÜBER DIE DORFBEWOHNER.
WIR SOLLTEN UNS SCHÄMEN! WIR HABEN SIE FÜR MENSCHENFRESSER GEHALTEN.
UND SIE WOLLTEN UNS IN WIRKLICHKEIT NUR FREUNDLICH BEWIRTEN.
DIESE FORM VON GASTFREUNDSCHAFT KONNTE JA NIEMAND AHNEN.
ALSO ICH GEHE JETZT WEITER. MEIN VATER IST VERMUTLICH IRGENDWO HIER DRAUSSEN.
SCHAUT EUCH DEN SELTSAMEN STEIN AN, DAS IST KEIN OPFERSCHMUCK, EHER EIN GESCHENK.
LINDA SOLLTE WOHL EHER IHR EHRENGAST SEIN.
ES LÄUFT JA ALLES BESTENS! UNSER GEPÄCK IST WEG. ICH LAUFE IN INSELKLEIDUNG UMHER UND IRGENDWO IM HOHEN GRAS LAUERN RAUBTIERE AUF UNS!
WIR WERDEN EINEN SICHEREN PLATZ SUCHEN, BEVOR WIR WEITERE PLÄNE MACHEN.
EINE HÜTTE! DAS NENNE ICH GLÜCK IM UNGLÜCK!

JA, MEIN VATER!

DAS SIND TEILE SEINER AUSRÜSTUNG.

VON IHM IST ABER WIEDER NICHTS ZU SEHEN!

ER MUSS GEFLÜCHTET SEIN.

WER HAT HIER SO EIN CHAOS ANRICHTEN KÖNNEN?

DEIN VATER SCHEINT NICHT GERADE EIN GLÜCKSPILZ ZU SEIN.

ERST SEIN BOOT ZERSTÖRT UND DANN SEINE HÜTTE ZERTRÜMMERT

WARUM IST DEIN VATER EIGENTLICH HIERHER GEFAHREN?

VATER IST KRYPTOZOOLOGE!

DAS SIND WISSENSCHAFTLER, DIE DEN URSPRUNG VON SO GENANNTEN FABELWESEN ERFORSCHEN. SEEUNGEHEUER, YETIS, ZYKLOPEN...

ZYKLOPEN?

DIE LEGENDE VOM ZYKLOPEN HAT EINEN WAHREN KERN! AN DEN KÜSTEN DES MITTELMEERES FAND MAN VOR CA. 900 JAHREN SCHÄDEL, DIE AUF DER STIRN EIN GROSSES LOCH HATTEN.

DIE MENSCHEN GLAUBTEN, DAS SEI EINE AUGENHÖHLE! EIN AUGE. EIN AUGE AUF DER STIRN! DIE LEGENDE SCHIEN BESTÄTIGT.

KRYPTOZOOLOGEN FANDEN ABER HERAUS, DASS DIE SCHÄDEL ZU KLEINEN, BEREITS AUSGESTORBENEN ELEFANTEN GEHÖRTEN. AUS DEM LOCH IN DER STIRN WAR EINST DER RÜSSEL GEWACHSEN.

ES GIBT NICHTS MYSTISCHES. IRGENDWANN IST ALLES ERKLÄRBAR.
KORREKT! MEIN VATER IST NUN HIER-HER GEKOMMEN, UM DIE LEGENDE VOM DRACHEN UND VOM TEUFELSRIFF ZU ERFORSCHEN.
VIELLEICHT IST ABER AN DER GESCHICHTE MIT DEM DRACHEN DOCH ETWAS DRAN. DIE ZERSTÖRTE HÜTTE HIER KÖNNTE DOCH SEHR WOHL DAS WERK EINES GROSSEN...
WIR SIND IN DER GEGENWART! ES GIBT KEINE FABELWESEN!
AUUU, MEIN FINGER! DIESES MONSTER KLEMMT MIR MEINEN FINGER AB.
DAS IST KEIN "MONSTER", DAS IST EIN "PALMENDIEB", EIN AUS-GEWACHSENES EXEMPLAR. ES KANN DIR OHNE MÜHE DIE FINGER ABKNIPSEN.
ES IST EINE KRABBENART, DIE AUF DEM LAND LEBT. SIE ERNÄHRT SICH VON PALMENSPROSSEN UND KOKOSNÜSSEN.
SIE FRESSEN ABER AUCH KLEINE TIERE UND ARTGENOSSEN.
28

WIR MÜSSEN DEINEN FINGER VERBINDEN. DER GERUCH VON BLUT LOCKT RAUBTIERE METERWEIT AN.

WIR MÜSSEN WEITER, HIER IST ES AUF DAUER NICHT SICHER.

DORT HINTEN DIE FELSFORMATION HAT BESTIMMT SCHÜTZENDE HÖHLEN.

UND VON OBEN BEKOMMT MAN EINEN GUTEN BLICK ÜBER DIE INSEL.

WIR KÖNNEN VON DORT RAUCHZEICHEN GEBEN, VIELLEICHT BEKOMMEN WIR HILFE!

FALLS MEIN VATER VON HIER FLÜCHTEN MUSSTE, WIRD ER DIE GLEICHE IDEE GEHABT HABEN.

29

WAS IST?
DAS IST DER KOMPASS MEINES VATERS!
GUT, DASS DEIN VATER SO VIELE DINGE VERSCHLAMPT, SONST HÄTTEN WIR SEINE SPUR SCHON LANGE VERLOREN.
ODER ABER ER HAT MIT ABSICHT DIESE FÄHRTE GELEGT, DAMIT IHM JEMAND FOLGEN KANN!
WENN JA, DANN FÜHRT DIE SPUR ZUR ERDSPALTE!
WENN WIR DA RUNTERKLETTERN, KOMMEN WIR NIE WIEDER HOCH! DIE WÄNDE SIND VIEL ZU GLATT!
VIELLEICHT HAT IHR VATER DIE HÖHLE BENUTZT. SIE IST EIN PRIMA SCHUTZ.
DER PERFEKTE UNTERSCHLUPF FÜR UNS.
ACHTUNG!
SCHNELL, HIER DIE WAND HOCH!
30

WIR MÜSSEN ZURÜCK! CALIFAX KOMMT OHNE UNSERE HILFE NICHT MEHR AUS DER ERDSPALTE RAUS!

LINDA, WARTE HIER OBEN, BIS WIR CALIFAX ZURÜCK HABEN.

BLEIB LIEBER WEG VON DER KLIPPE. AUCH DER WEG NACH UNTEN KANN STEINIG SEIN!

KEIN SCHLECHTER WURF!

WAS MACHEN WIR EIGENTLICH, WENN SICH DER WARAN VON DEINEM WURF ERHOLT HAT?

SEI NICHT SO EIN PESSIMIST!

CAAAALIIIFAX, HAAAALLOOOO

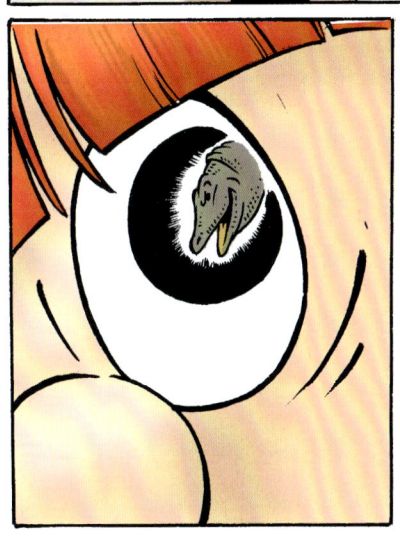

ER ANTWORTET NICHT!

VIELLEICHT KANN ER ES NICHT MEHR.

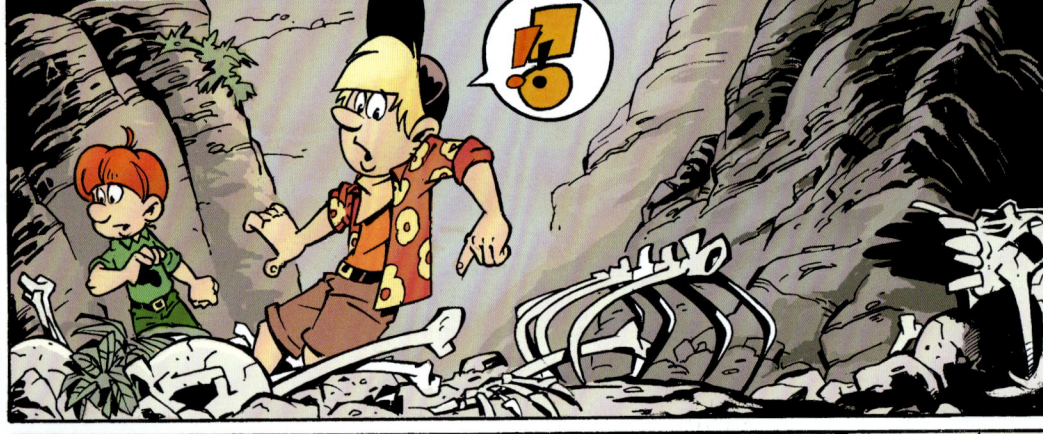

HIER LIEGEN JA LAUTER GERIPPE.

HOFFENTLICH TIERKNOCHEN! IHNEN ERGING ES WOHL GENAUSO WIE UNS GERADE.

ZIEGENKNOCHEN, RECHT GEHABT!

ICH WÜNSCHTE ES WÄRE SO!

WIR KOMMEN HIER NIE WIEDER RAUS.

WIR SITZEN FEST WIE IN EINEM AUSGETROCKNETEN BRUNNEN.

HIER WERDEN BESTIMMT KEINE RAUBTIERE HAUSEN.

WAS WAR DAS FÜR EIN GERÄUSCH?

DU MUSST JETZT POSITIV DENKEN.

EIN WIRKLICH WEISER RAT.

MAL SEHEN, WIE WEIT ER UNS BRINGT.

SEID IHR VERRÜCKT? DAS HÄTTE BÖSE ENDEN KÖNNEN!

ICH HABE MEINEN VATER GEFUNDEN!

UND CALIFAX?

CALIFAX! WIR HABEN GERUFEN, WARUM HAST DU NICHT GEANTWORTET?

ALS ICH ALLEIN IM DUNKELN SASS, DACHTE ICH SCHON, MEIN LETZTES STÜNDCHEN HABE GESCHLAGEN.

BIS ICH AUFTAUCHTE UND IHM DEN WEG NACH OBEN ZEIGTE.

DARF ICH VORSTELLEN, DAS IST MEIN VATER, PROF. DR. HERMANN COX.

GUTEN TAG! ICH KANN SIE LEIDER NUR IN DIESEM ZUSTAND BEGRÜSSEN.
ICH MUSSTE AUF MEINER FLUCHT VOR DEM WARAN DIE GLEICHE ERFAHRUNG MIT DER FELSSPALTE MACHEN WIE SIE!
MIT DEM UNTERSCHIED, DASS DEINE KNOCHEN WENIGER UNBESCHADET DAVONGEKOMMEN SIND.
ICH HABE IMMER GESAGT, DU SOLLST BEI DEINEN EXPEDITIONEN VORSICHTIG SEIN.
MEINE ARBEIT ERFORDERT RISIKOBEREITSCHAFT. OHNE SIE BEKOMME ICH KEINE POSITIVEN RESULTATE!
AUSSERDEM BIN ICH TOPFIT!!
FÜR WIE ALT HALTEN SIE MICH?
MIT ODER OHNE KRÜCKE?
ES FREUT MICH, EINEN ECHTEN KRYPTOZOOLOGEN KENNEN ZU LERNEN.
HIER, DIREKT AM ORT SEINER FORSCHUNG.
ICH KANN GUT VERSTEHEN, DASS MAN EINIGES RISKIERT, UM SEIN ZIEL ZU ERREICHEN.
AAHHH... SIND SIE AUCH WISSENSCHAFTLER?
NUN JA... WAS GIBT ES BEI DIESER FRAGE DENN ZU LACHEN?
ERZÄHLEN SIE UNS, WIE SIE HIERHER GEKOMMEN SIND!
37

ICH HATTE MEINE NAUTISCHEN FÄHIGKEITEN ÜBERSCHÄTZT. MEIN SCHIFF GING AN DEN KLIPPEN ZU BRUCH.

DIE DORFBEWOHNER NAHMEN MICH FREUNDLICH AUF.

SIE WARNTEN MICH VOR DEM DRACHEN! IM TAL BAUTE ICH MIR EINE HÜTTE, ALS BASISLAGER SOZUSAGEN.

IN DER NACHT WURDE ICH VON EINEM WARAN ÜBERRASCHT, DER MEINE HÜTTE VÖLLIG ZERSTÖRTE.

ICH MUSSTE FLÜCHTEN, DENN ICH WUSSTE DASS DER SPEICHEL DES WARANS SO BAKTERIENHALTIG IST, DASS MAN VON SEINEM BISS INNERHALB DER FOLGENDEN TAGE STIRBT.

MEINE FLUCHT FÜHRTE MICH GENAU WIE SIE IN DIESE FELSSPALTE UND DANN HIER HINAUF.

ICH VERMUTE, DASS DIESER WARAN NACH MEINUNG DER INSELBEWOHNER DER DRACHE SEIN SOLL.

NEIN, DIESES TIER IST NICHT GROSS GENUG FÜR EIN FABELWESEN.

DIE URSACHE DIESER SAGE IST DIE HÖHLE, IN DER WIR STEHEN.

DIE INSELBEWOHNER HALTEN DIESEN BERG FÜR EINEN SCHLAFENDEN DRACHEN, DER EINES TAGES ERWACHEN UND DIE INSEL MIT SICH IN DIE TIEFE DES MEERES REISSEN WIRD, VON WO ER EINST HERGEKOMMEN WAR.

DESHALB KOMMEN DIE BEWOHNER NICHT HIERHER. DER DRACHE SOLL WEITER-SCHLAFEN!
UND JETZT STEHEN WIR SOGAR IN SEINEM MAUL. WENN DIE DAS WÜSSTEN!
DIE INSEL IST NOCH VÖLLIG ISOLIERT, URTÜMLICH UND OHNE TOURISMUS.
DIE REISENDEN WÜRDEN WOHL DEN DRACHEN WECKEN!
DURCH IHR ERSCHEINEN HIER, HERR PROFESSOR, HABEN SIE ABER DEN ERSTEN SCHRITT ZUR RUHESTÖRUNG GETAN.
JA, LEIDER... DAS WOLLTE ICH IN MEINEM EIFER LEIDER NICHT WAHRHABEN.
DAS LÄSST SICH NUN EINMAL ABER NICHT MEHR ÄNDERN.
ABER WENIGSTES WIEDER GUTMACHEN...
DESHALB HABE ICH BESCHLOSSEN, MEINE ARBEIT ALS KRYPTOZOOLOGE ZU BEENDEN UND ZU VERSUCHEN, DIESE INSEL VOR DEM TOURISMUS ZU SCHÜT-ZEN. KEINE SURFBRETTER,
KEINE SCHWIMMFLOSSEN, KEINE HOTELBETTEN!
DU ALS UMWELTSCHÜTZER?
DEINE KOLLEGEN WERDEN SICH ÜBER DICH LUSTIG MACHEN.
ICH BRAUCHE DEREN MEINUNG NICHT. SCHLUSS MIT DEM TROCKEN-EN, AKADEMISCHEN UNTERSUCHEN VON KNOCHEN UND VOLKSSAGEN. ENDLICH ETWAS NÜTZLICHES TUN!
DANN BLEIBE ICH HIER. JEMAND MUSS AUF DICH AUFPASSEN!
ICH BRAUCHE KEIN KINDERMÄDCHEN. ICH KANN SEHR GUT AUF EIGENEN BEINEN STEHEN.
ALLEINE SCHAFFEN SIE DAS NIE!
SO EIN VORHABEN MUSS GUT GEPLANT SEIN! WIR DREI FAHREN ANS FESTLAND. SIE BRAUCHEN MATERIAL, UM HIER EIN SOLIDES LAGER AUFZUBAUEN.
KOMMUNIKATION, LEBENSMITTEL, MEDIKAMENTE. WIR WERDEN AUF DEM FEST-LAND KONTAKTE KNÜPFEN. SIE BRAUCHEN INFORMATIONEN, WIE ES JURISTISCH UM DIESE INSEL STEHT, DAMIT SIE VERHINDERN KÖNNEN, DASS HIER TOURIS-MUS ENTSTEHT.
GUTE IDEE, ABER WIE KOMMEN WIR VON HIER ANS FESTLAND?
WIR HABEN KEIN SCHIFF MEHR!

DORT HINTEN IST DAS "TEUFELSRIFF." ICH HABE DA EINEN SEGLER AUFGESTELLT.

ICH WOLLTE LUFTAUFNAHMEN VON DER INSEL SCHIESSEN. MIT DIESEM SEGLER KÖNNT IHR WENIGSTENS EINE DER ANDEREN INSELN ERREICHEN.

NA DANN LASST UNS KEINE ZEIT VERLIEREN!

DER WARAN IST DOCH SCHNELLER, ALS ICH DACHTE.

WAS HAT DER PROFESSOR NOCH EINMAL ÜBER DESSEN SPEICHEL GESAGT?

WIESO MACHT SICH DER PROFESSOR EIGENTLICH GEDANKEN, WIE ER DIE TOURISTEN VON HIER FERN HÄLT?

DIESES UNTIER SORGT DOCH ALLEIN FÜR EINE UNFREUNDLICHE ATMOSPHÄRE!

DAS IST JA EIN EINSITZER!

ICH SITZ JA AUCH SCHON. NA LOS, AUSKLINKEN UND DANN AB!

(41)

WIE STEUERT MAN SO EINE KISTE EIGENTLICH?

FALSCHE FRAGE!

HEY, SIEHT AUS, ALS OB ES GLEICH EINE KATASTROPHE GIBT.
WO? HAT ES ETWA GROSSE ZÄHNE?
DAS NENNE ICH EINE BRUCHLANDUNG!
SUPER! LASS UNS DANACH TAUCHEN.
NA, ALLES OKAY ? BEI UNS KÖNNEN SIE SICH KEINE NEUEN SEGELGLEITER AUSLEIHEN.
VON WELCHER INSEL KOMMEN SIE?
JORIGGE 1
DIVING PARADISE
DEN NAMEN BEHALTE ICH LIEBER FÜR MICH.
DA WILL WOHL JEMAND EINEN SCHÖNEN PLATZ FÜR SICH ALLEINE HABEN!
ICH HABE ES GESEHEN. SIE KAMEN VON DORT!
WIE HAST DU DAS DENN GESEHEN? DU WARST DOCH UNTER WASSER!
ABER SIE SCHWIMMT DOCH IMMER AN DER OBERFLÄCHE.
SIE HAT ANGST VOR HAIEN!
DI
43

VON DORT HINTEN? DAS IST ANGEBLICH EINE UNBEWOHNTE INSEL.

WIR HABEN NOCH FÜR DREI STUNDEN GEBUCHT. FAHREN WIR DOCH MAL HIN.

VIELLEICHT KANN MAN DORT GUT TAUCHEN.

GUTE IDEE! OHNE DIE BRUCHLANDUNG, WÄRE UNS DIESE INSEL NIE AUFGEFALLEN.

NEIIIIIN!!

DIE UREINWOHNER GLAUBEN BIS HEUTE, DASS DER DRACHE ERWACHT, WENN ER IN SEINER RUHE GESTÖRT WIRD. ER VERSCHWINDET IN DER TIEFE DES MEERES, REISST DIE INSEL MITSAMT SEINER EINWOHNER MIT SICH, UND NICHTS WIRD JE WIEDER AN DIE OBERFLÄCHE KOMMEN!

ENDE

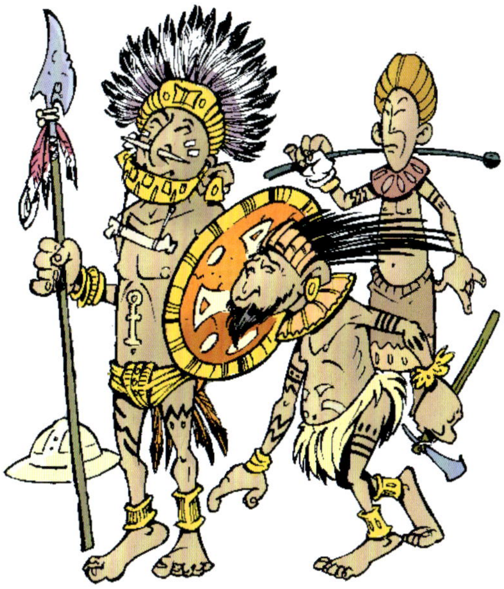